火 车 快 开

李娟 著

图书在版编目（CIP）数据

火车快开 / 李娟著. -- 广州：花城出版社，2023.1（2024.5重印）
ISBN 978-7-5360-9736-0

Ⅰ．①火… Ⅱ．①李… Ⅲ．①诗集－中国－当代 Ⅳ．①I227

中国版本图书馆CIP数据核字(2022)第116955号

出 版 人：张　懿
责任编辑：文　珍　周思仪
技术编辑：薛伟民　凌春梅
封面设计：棱角视觉

书　　名	火车快开 HUOCHE KUAIKAI
出版发行	花城出版社（广州市环市东路水荫路11号）
经　　销	全国新华书店
印　　刷	深圳市福圣印刷有限公司（深圳市龙华新区龙苑大道联华工业区）
开　　本	880毫米×1230毫米　32开
印　　张	4.5　2插页
字　　数	57,000字
版　　次	2023年1月第1版　2024年5月第6次印刷
定　　价	40.00元

如发现印装质量问题，请直接与印刷厂联系调换。
购书热线：020-37604658　　　37602954
花城出版社网站：http://www.fcph.com.cn

未来的我,明白了一切。

但还是决心重来一遍。

目 录

第一部分　荒野碎片

之一：白色花 *3*

之二：窗 台 *5*

之三：沙枣树 *8*

之四：长 夜 *10*

之五：鹤 *12*

之六：飞 *15*

之七：野地刺玫 *18*

之八：寻 找 *21*

之九：门 *25*

之十：此 地 *26*

之十一：爱 情 *29*

之十二：童 年 *33*

之十三：深 渊 36

之十四：三棵树 39

十五：开 端 44

第二部分 弯 路

火车快开 49

旱獭歌 63

我知道有一个地方，那里一个人也没有 70

我轰然经过你的生命 74

唯一的苹果唯一的诗 76

华丽的东方 88

第三部分 告 别

病中记 99

没寄出的信，不算数的话 108

第一部分 荒野碎片

之一：白色花

我刚生出眼睛就看到了你
世界摇摇晃晃
我忽明忽暗
若不是你盛开在那里
我刚来到世上便随风而逝

众人踩踏而过
不知脚下是无底深渊
众人欢呼拥抱
不知此地正悄然坍塌
我赶到时众人已散
白色花
你重重叠叠盛放荒野
我虚弱如梦境
又激动如初醒

那时我刚生出眼睛
还不知白色为何物
我猜你是全世界的反面
我无路可去了
我猜你是我的反面
我颤抖不止
那时我刚生出手指
还不知抚摸为何物

我看到尘土便爱上了尘土
我看到雨水便爱上了雨水
但是我看着你
如同被爱一般
那时我刚生出眼睛
还不知眼泪为何物

之二:窗台

我并非来自子宫
而是来自窗台
有一天妈妈拉开窗帘
她面孔遥远
不知微笑着还是哭泣着
她在窗台上找到我
像在戈壁深处风暴中央找到我

还有几次
她拉开窗帘却没看到我
她推窗凝望窗外荒野
如同我已经丢失了千百万年
又如同世上从不曾有我

横两尺　竖两尺
千百年的时间里世界就这么大

左手白天
右手夜晚
翻个身宇宙倒悬河流倒灌
风沙啊寒冷啊呼啸光年之外
泥土房屋漂浮来去
千百年来我蜷身窗台头也不抬
洋娃娃静静躺在腿边
后来我流着泪
为她画上满脸胡须

大地中央的小小巢穴
风沙发现不了
寒冷也发现不了
泥土房屋里的水晶泡泡
阳光的必经之地
我蜷身此处头也不抬
我好害怕长大啊
长大了这小小的窗台就容不下我了
洋娃娃静静躺在手边
我流着泪
为她画上满脸的胡须

千百年来
我背靠世上最温柔的一面泥土墙
左手玻璃上有三条裂缝
右手的窗帘后潜伏世上最巨大的安静
然而我终于受不了诱惑而成长
跳下窗台
来到人间
成为世上最委屈的人
最贪心的人
贪心地活着活着
就再也活不下去的人

千百万年后
有人带我回家
中途把我丢失
他孤独走进房间
在窗帘前站了很久

之三：沙枣树

我加于母亲的全是迷惑
她入梦前还记得沙枣花的香
针尖般扎遍喉嗓
醒来后穿衣
梳头
做饭
上班
她在街头走着走着停了下来
突然想开口说出一句话

我加于孩子的全是哀愁
她从小爱哭
不能忍受最微小的分离
我为她摘下一粒沙枣
她捧在手心
似乎看清一生

我加于他的全是树坑
一个紧挨一个
遍布他的后半生
一个紧挨一个
空在他脚步所及之处
一个紧挨一个
紧盯他的双腿
看他不长根

我加于自己的全是凋零
然而我心中确有欢喜
愿一切到我为止
愿万念俱灰
愿举世重返荒野
然而我的女儿仍在哭
我的母亲仍在迷途
他停不下来
我也停不下来
沙枣树枝叶呼啸
穿梭在夏日的星空
更是停不下来

之四:长夜

不等我把话说完你就死了
你翻过身去
世界坍塌一角
床搁浅荒野
风远远止住

风从地底深处刮来
我如童年般勇敢
又如第一次赴约般惊慌
又想道歉
又渐渐下沉

今夜你只剩一个名字
与我一同下沉
人群恍惚而来
霓虹两三步外

仿佛你死后我才来到人世
我靠近什么
什么便写上了"拆"

我迷路了
怀揣噩耗走遍大街小巷
再也找不到家
我的丈夫只好另娶他人为妻
我的孩子们都叫她妈妈
但我还是想活下去
还是想牢牢记着你的名字

醒来时长夜仍未结束
我仍紧抱着你
仍在痛哭
所有人都以为你死了
除我之外

之五：鹤

鹤离去后天空才开始喧哗的
天空彻底空白
风啊云啊陆续显现
互相安慰
没有鹤了
世界就只剩
石头被掷出后
不愿落地的愿望了

鹤死时天空倾斜
大地坚硬
仿佛无边跌落的是我
夜夜抬起胳膊
如感受深渊般
感受沉重的肉身

我渴望成为鹤
然而伸直手臂便触到尽头
我浑身轰鸣
十指插入泥土
挖啊挖啊
既无法深入天空
也无法深入大地
挖啊挖啊
越思念　越倔强

那人无数遍提起一个山谷和一条小路
鹤年年经过
目不斜视
世上所有爱和不爱的话语
鹤轻易说出
那人的眼睛
鹤轻易直视
鹤经过身边如同经过梦境
鹤抬起头来双唇紧抿

那人一句句说着
一步步后退
突然转身
展翅高飞

我渴望成为鹤
渴望突然坠落向远方
可我太粗心
多年前那个暗示太孤独
前方的故乡
回头的日月
太冷淡
直到腋下温暖丝缕尽去
风鼓满咽喉
我渴望飞
这时鹤渴望停留

无尽挖掘啊
春播秋收啊
越衰老　越沉默
若有人前来
我便放下农具
对他说
是的
我曾经过高山
我曾经过森林
我曾经过海洋

之六：飞

天空是世上最巨大的飞翔
大地是世上最巨大的蜕壳
我是世上最安静的
站在天地间犹如毫无希望
然而有飞翔深藏体内
蜷缩如婴儿
比我更柔弱
直到我弥留之际
它才起身
踮起足尖遥望一下远方

突然一天森林失火
江河从高处断开瀑布
黑夜要起飞了
流星满天
地底深处的根系也要飞了

生出草茎
又生出叶片

春天想飞
最后变成夏天
然后秋天
然后冬天
然后一年又一年

有一个寒冷的日子也想飞
漫天雪花终究层层铺积
最后只有看雪的那个孩子飞走了
从此他的童年雪地般空白

从此石头风化销蚀四处飘扬
鸟儿们扑腾着双翅
在草滩　在石堆
来来回回
起起落落
时光重新流逝
生活从头隐瞒
你从我身后悄然飞过
当橙色圆月升起的傍晚

当大风激动草木的秋日
当我哭时
当我笑时
当我与他一见面就急步迎上前
紧紧相拥时

我永远记得孩童时代的你
总爱展开双臂
来回奔跑在河边空地
呜呜吹着口哨
装作飞的样子
那时我心中有羽翼轻抬
又孤独放了下去
那时世上最小的飞翔在我眼中
然而我不该落泪

之七：野地刺玫

阴雨初歇
众目睽睽
你我如孩童并肩行走
分手之处到了
沿途刺玫花凋了

然而刺玫遍野盛放
你我越平静
它越洁白
你我越无辜
它愈耀眼

你我善于忍藏
野地刺玫善于刺破
而你我装聋作哑
互道珍重

以为就算完成了别离

你说　不要回头看
你伸出手臂
你伸出的手臂
是大地中最坚韧的根系

野地刺玫遍野摇摆啊
接连怒放啊
黄昏接连凌晨
星空混淆河流
飞鸟啼哭般消失在蓝天

那么多的难过和纯洁
那么多次决然扭过头去
有一次我拒绝了你唯一的要求
还有一次我后悔了
独自一人奔向荒野

然而野地刺玫遍野盛放
它们居高临下
永无改变

这时我们说完过去的事
开始说未来的事
它突然闭眼
香气四溢

之八：寻找

我寻找世上所有漫长事物
眼泪从脸庞滑落
荒野从冬天去向春天
所有相遇前的时光
前一个吻和后一个吻之间的沉默

而我最短暂
我的母亲都不知世上曾有过我
我反复投生人世
反复触动她的子宫
终于令她微微疑惑

最后我找到了一个孩子
在我身体深处
在世上最隐蔽的角落
这小小的婴儿呼吸平稳

我真后悔啊

从不曾拥有过的
渐渐变成失去了的
中间那段人生哪里去了
我终日在房间翻找
二十年的碌碌主妇
在书页间翻找
三十年的近视眼
筷子在饭菜间寻找
针线在衣衫破旧处寻找
换了一支又一支钥匙
在锁芯里找
门开了
合上雨伞大声说我回来了
房间安静如梦醒时刻
我真后悔

我渴望说给那人的话语
在寻找他的漫长旅程中
渐渐变成谎言
后来我看着他哑口无言
只好对他解释

眼下这片大地
为何这般荒凉空旷

谁又在找我呢
他沦陷世间重重繁华
至今醒不过来
谁以劳动找我
年复一年
在贫瘠之地寂静耕作
谁用舞步在刀锋上找我
用舌尖在另一人的吻中找我
用一百年
在电光石火间被照亮的一张容颜上找我

我在我全部的财富中现身
一无所有面对地球上所有的路
路边所有的花面对所有春天
我将只剩我的无数分之一
掉头寻找世上所有短暂之物
仿佛时间不多了
仿佛大梦初醒

我一路打听

终于找到了来时的路
回到家
推开门
摇篮空空
微微晃动

之九:门

一百年过去了
门还在那里
森林还在门外
你在大地深处
我在我的骨骸残片里
童年时代和少女时代在白发苍苍里

一生穿梭在门的两边
你脚步轻盈
穿梭在针尖上
你呼吸浊重
穿梭在平安的长夜里

之十：此地

只需一棵树
就能将大地稳稳镇在天空之下
否则大地不停上升

只需一棵树
大地便放弃等待
安静下来
世上一切的停止源于此地
有人来了
赫然看到一棵树
他慌忙刹步　站立不稳
全世界四面八方向树聚拢
席卷一切迎面撞上
所以我们把房子都盖在有树的地方
世上一切的停止源于此地

所有迷路的人也源于此地
他熟知蚁虫的眼睛
和露水中的悬尘
他抬起头来便不知身在何方
他日夜兼程
默数千山万水
他露宿河边
醒来时面色潮红泪如雨下
红围巾仍系在树上
迷路的人
你不许再靠近了

只需一个人
大地便无边无际
只需他的一行脚印
大地便一分为二永不愈合
只需他倒地而亡
便一切重来
树堵住大地唯一的出口
地底之力四面奔腾
终于无法宁静了
但是它们发现了唯一的树

根脉遍布通天大道的树啊
每一根枝条每一片叶子都被挡在
此地最后一扇门之后的树
求救般向四面八方伸出手去的树
挟风裹雷轰然而生的树
忍耐到春天为止
又忍耐到秋天为止的树

草轻易枯萎
河轻易干涸
鸟轻易飞远
孩子们轻易长大
恋人轻易告别
除了树
什么都能轻易离开此地

最喧嚣的是树
最寂静的是年轮
有人又来了
他站在树下抬头望
轻易落泪

之十一：爱情

他又在低声唤我
此时是童年的清晨呢
还是弥留之际呢

睁开眼就是无尽戈壁
河
一棵树
蓟草的紫色花
月亮亲吻长夜
乌鸦成群离去
简单的思念
无辜的热情
诚实的回答

我睁开眼睛就奔跑
然后飞

越过大地
擎灯找到黑夜
抬头望了一眼
黑夜便淹没我以满天繁星
我去到二十岁
关上卧室门
苦苦忍住了哭泣

全部的树枝指向全部的落叶
全部的羚羊成群跑过大地
突然间野马孤独地发现了一个秘密
蓦地刹步
黄沙腾起
四脚蛇静止不动
耐心等待被遗忘
野兔来到春天
完全忘记这世界曾有过冬天

如果是树的话
还在探身四望
如果是虫子的话
还在老地方缓缓爬动
所有晚云都倾向日落的方向

所有夜晚为浮显同一个梦境而暗茫
有一块手帕被遗忘在荒野深处灌木丛中
有一种花开过了一遍又一遍
我穿过拥挤世界走到这里
我又迷路了
爱情如童年
在我这里存在了一万年后
突然间变得从不曾存在过

但是他又低声唤我
我一句句答应
一步一步前行
树一片一片吐出叶子
最后我只剩脚印
树只剩树桩
我曾穿越无数森林
却无法走出眼前空旷大地

大地明亮
天空苍茫
低矮黯淡的植被
源于饥渴而庞大的根系
我源于一线希望

有人怜悯我
要与我一同生活
我看着他
他身后全是地平线
他眼里全是深夜
他的故事比我的更漫长
长风四起
我想退回二十岁的房间
又放声哭泣

之十二：童年

我想说的是种子，可它赶在我开口之前长成大树。所有的事情都将这样。我也将这样。梦中的母亲忍不住痛哭。
她猛地推开门跑了出去。
梦中的星空下是旷野。
其实没有树。

其实种子还在我这里。我紧攥种子入睡，夜夜梦到世界一成不变。有时静静醒来，仍身躺童年的摇篮。摇篮的栏杆曾生长在多么遥远的地方啊！还有窗户框、门和木桌，它们总有一天重新长出树叶。
我安然睡去，又想起母亲就在附近。
想起天亮时她走进屋子，一身露水，满怀香气。
想起她的眼睛，慢慢流下眼泪。

想起夜晚永远只是夜晚而已,清晨永远正渐渐燃起霞光。所有的白天同样漫长。
想起寂静,一点一点地更加寂静着。
想起多年后的某一天,我如此刻这般期待着明天。

想起天亮的时候,我将与母亲一同出门。
想起风在大地上长长地刮,我跟着她走了很远很远。
她不时回头看我。有时会像一个真正的母亲那样,展开手臂向我伸来。
她在大地上掘出一个个小坑。
我怀揣种子蹒跚其后,一粒一粒点播。

这片大地多么空旷深远啊!

想起夏天,想起彩虹遥遥悬在手边
想起秋天,想起雁阵寂静地度过蓝天。

而我总被寂静惊醒。醒来仍然没有树。没有敲门声。房间空若结局,夏天遥如银河。
这是在世间的何处?

有人忍不住叹息。

她是我童年的源头。是我童年唯一的亲历者。童年长于一生,她长于我的童年。她是我的母亲。然而这是她第一次在我童年中现身。

她说,哪来的树?然后退出房间。

我想大声呼喊,一张嘴却长出枝叶。想流泪,却结出种子。想起身,根已经扎得太深。我躺在那儿,如尚未出世般无能为力。想再次睡去,却不停地凋零。

之十三：深渊

我充满深渊。令靠近我的人一一消失。我怀念他们，时常回想他们的面孔。我怀孕时坐在树下，路过的人衰老又疲惫。
他迟疑片刻，叫出我的名字。

你也曾呼唤过我的名字，欢喜向我跑来。那时你眼睛年轻华美。你看向我的时候，令我忍不住步步后退。但是你一把拉住我，指给我看，我身后的深渊。

夜里你从我身边坐起，使我心生寂静。你离去时我悄悄跟着，尾随你在月光中走啊走啊。
后来你走向旷野中一棵孤零零的树。
我继续向你走去。
我继续向你走去。
后来我看到旷野中孤零零的两棵树。

怀孕之前我是空的。我行走在大地上,看到我的人只看到无边的荒原。我分分秒秒身处消失之中。我在坠落中上升。直到我的身体砰然着地,我仍在上升。

我的身体在大地上沉睡,年复一年,野草将我覆盖。找到我的人却怎么也唤不醒我,他只好把我埋葬。他离去时我才睁开眼睛看了一眼,又翻身沉沉睡去。

我的身体,睡在你一生想往的春天之中。长发纠缠野草,手指指向的花朵苦苦不愿凋零。世界浩荡无底,呈我以整面蓝天。我一无所知,我同样浩荡无底。后来我的身体醒来了,站起来就走。等你抵达你所想往的春天,看到那里空空如也。到处都是深渊。

最大的深渊在我这里。我一无所有走在大地上,靠近我的人都一一消失。抚摸我的人消失在颤抖之中。吻我嘴唇的人消失在冰凉之中。在我身边躺下的人,消失在黑暗之中。半个世界赶过来填补我。另外半个世界,不敢过来。

还有人想描绘我。他画了多年，只画出了一个圈。还有人模仿我说话，从此成为哑巴。还有人恨我，他说：你再也不会怀孕了！你连你自己的母亲都不能依靠了！他说的是真的。但说完以后，他就变成了我。

还有人向我道歉。可是已经晚了。

我呢，我什么都不管不顾了，坐在树下怀想往事。这时我想起了你。你是谁？到底为了什么，让我如此报复你。

之十四：三棵树

有人在前面种下三棵树来阻挡我。第一棵树要绊住我的腿脚纠缠我的头发。第二棵树要把树根扎入我的双腿把枝叶长满我的十指。第三棵树在我面前轰然倒塌。
我终于被留下。

我被深深埋入大地。又有人在上面立下墓碑。另一人来晚了。他细读碑文，忍不住掘开大地。后来他成为农夫，终生耕耘，挖遍荒野中每一寸土地。

而我孤独迷失在自己庞大的根系之中，沉浸广阔的水与饥渴之中。我无尽饮啜，渐渐滋生只言片语。大地听了又饮啜我。我沿着它的吮吸进入一粒种子。上升。进入植物的绿色。上升。我以植物生长的速度在大地中延伸。如眼泪在脸庞上延伸。后来我的手指终于触着另一人的手指。这时冬天来到,我便凋零。

我的身体随落叶而去,眼睛留在光明之中。余下时光混沌如睡梦。

如飞。

如俯瞰。

如知道了一切。

如流泪。

我一沉默,便沉重。一沉重,便坠落。世界为我的坠落准备了大地。大地为我的坠落准备了坚硬。我准备了死亡。我闭上眼睛。从此再也无法说清,自己到底沿着一条怎么样的道路去向了哪里。只是后来听说,我出生时无休止惊恐大哭。

我的母亲把我生在有三棵树的地方。在她温柔双手的托扶下,我轻软着地。

我长大后,人们将我砍伐。抬着我穿过旷野。前方有一座修建中的房子,正迎着深蓝天空敞开屋顶。我停止悲伤,睁大眼睛。

多年后有人回来了。房子早已坍塌。他站在废墟中迷路般四面张望。他老去的容颜打动了我,我便在他脚边开出一朵黄花。
他弯腰摘下那花,倒地而死。
他死去后我也闭上了眼睛,紧随他去向他的另外一生。那里森林遍布,那里河流纵横。渐渐地,我追不上他的脚步了,目送他在他另外一生中渐行渐远。当我醒来,他死去的身体仍静静躺在身边。
我挪动身子靠紧了一些。这时看到他手边遗落三粒种子。刚刚发芽。

我也开始发芽。
但我还想说些什么。
天地寂静。
我一张嘴就猛地紧闭。
整个世界都在听。

大地为什么无边无垠?只为大地上一棵树与另一棵树之间的距离太过遥远。你我常常提起的"旷野"啊,"荒原"啊,其实只是指两棵树之间的地方。而大地的更深远更辽阔,则以此为中心四散而去。
在这里,一棵树就能将荒野打开缺口,两棵树就能使人迷路,三棵树就能将全世界陷入深渊。

在这里,"三"是一个无法更多的数字,一个能够孕生千万的数字。一个倾覆所有的数字。
我的心,无法承受的次数也是"三"。不管你向我要求什么,说到第三遍,我就忍不住点头答应。
你要我离开你,你要我离开你。你第三次要我离开你。

还有你的三棵树。我曾长久凝视它们。终于有一天它们忍受不了,便一棵棵消失。我仍往那一处望着,它们只好一棵棵重新显现。而我还是往那边看。它们便三次变成你,三次把口袋里的树叶一把一把掏出来给我看。而我流着泪,还是往那边看。
你的树,渴望成为树,远甚于一粒种子渴望成为树。你的树怀念树,远甚于树桩怀念树。最后只有你的树陪伴你,守候着你。天空渐渐暗去,你和你的树在荒野中越挤越拢,紧簇一团。你们一步都不敢乱动。你们四面呼喊。

我侧耳倾听。

后来的树都是我种下的。我在大地上盖起房

子,三棵树在门前静静生长。大地重新无边无际。

后来的树都是我自己。一次,两次,三次地站在我一次,两次,三次快要无法忍受的地方,一次,两次,三次地忍受了下去。

第四次,我一抬头,就看到了你。

那时你刚结束一段漫长艰难的路程。又饥又渴,神色疲惫寂寞。

你对我说:请问这是什么地方?

使我泪落如雨。

我说:这是"三棵树"。并指向始终荒寂无涯的旷野。

十五：开端

我在一个遥远的地方。如此遥远。你来找我。在漫长的旅途中，你渐渐地衰老，死去。但是火车继续载着你死去的身子向我而来，轮船继续载着你死去的身子向我而来，夜班车继续载着你死去的身子向我而来，乡间小公共汽车继续载着你死去的身子向我而来。我在车站等你，站在站台上踮足张望。我等待多年，有时有风，有时有雨。有时大雪无边地飘。有时天空蓝得让人抬头看一眼，就流下了泪水。

我用了太长的时间，投以等待之中。以致剩下的时间已不够用来完成最最短暂的一场爱情。

那时我惊慌失措地看着你，令你不知如何是好，不知如何才能使我相信你是真的爱我。

那时我们终于下定决心要开始了。可世间万物却已走到最后时刻……这个世界正处于一场急剧的、不可逆转的大结局中。一切都在暗暗转变原有的意义……那时我们长久依偎,又四下张望。渐渐地,我们中有一个人改变了主意。

使另一个人一步步后退……

只是那时仍会有春天吗?那时仍会有夏天吗?那时我的河还在流吗?那时我的猎户星座还会清晰地显现在所有寒冷日子里的夜空吗?——那时,我穿过河边高过头顶的芦苇海洋,心怀美梦去找你……还会看到你在不远处的青草坡上坐起来,回过头温柔地对我笑,并念出我的名字来吗?

我在这边独自开始了。我已无法继续等待下去。

2004-2016

第二部分 弯 路

火车快开

1

汽笛响,火车开。
所有的我启程了,所有的你捂面痛哭。
所有告别结束,所有迟疑后退。
所有的抛弃堆积月台。
而句号唯有一枚,与你并排站立,目送火车远去。

再见。逃生船远去。再见。岛屿下沉。再见。
大海茫茫。再见。

我有过错,你有纯洁,于是命中注定。
我从不知何为挽留,你从不知何为悲哀,于是
到此为止。

2

一生只在沿途,世界只分左右。火车永不迷路。满车的我,永不后悔。

欢乐的我一路熟睡,从不曾醒来。她梦到世上从不曾有过火车,梦到原野上铁轨空空——她一生都在猜测那是什么。

悲伤的我日夜难眠,独坐窗边。别人怀念过去,唯有她怀念未来。
她黑暗寂静,有孕在身。
别人的窗外是阳光下的田野,她的窗外是深深海底。

年轻的我紧挨衰老的我,两人聊了一路。渐渐聊到一场春天,却都小心翼翼避开了春天里的一棵白桦树,及白桦树上刻着的一个名字。

病痛中的我,听到车窗外有孩子哭个不停。她想:死亡来临了吧?她做好了准备,闭上眼睛。却突然想起有一天,自己身穿新衣面朝田野,冲远处的人招手。

心怀爱情的我正迅速老去。红裙子还没换下，两鬓已然斑白。腰背佝偻了，手指还戴着小熊戒指。

她如此骄傲如此难堪，她不停说谎又不停解释。谁也安慰不了她。再多的亲吻和拥抱，都没有用了。

未来的我，明白了一切。但还是决心重来一遍。她中途上车，行李放在脚边，突然疲惫不堪。

还有一个我，远远追着火车奔跑。大声呼喊，高举一张车票——那是被抛弃的我。

而最孤独的那个我驾驶火车无尽前行。只有她知道，火车迷路了。

只有她后悔了，她带着所有的我，穿过一座又一座城市，一片又一片荒野。再也停不下来了。

其实最孤独的是扳道工。他等待得太久。他站立的地方青草齐腰，信号灯破裂。有一天，他看到铁轨尽头有人缓缓走来。

他心想，无论那人是谁，他都爱她。

3

火车快开!黑发快白,眼泪快流,未来快来。
脱轨事故远未发生,卧轨的人远在童年。春天才进行到一半,河流即将拐弯。
火车快开!夕阳有黄金,天空有大海。

野草有星火。牛羊哑默。黑衣人盘腿而坐。他的背影大过他脚下的荒野。
国王你好!只有你无视呼啸而过的火车。

而芦苇无视冬天。纤细,任性,停留茫茫大水中央。北风也爱她,猎户星座也爱她。万物退下,我来迟了。车窗外波涛汹涌,真相大白。
而芦苇毫不知情。
为此,我也爱她。

突然白鸟停落铁轨,扭头看我。
它的瞳孔是最深的隧道。火车开了很久,也没能通过。

后来下雪了。

后来火车裹满冰霜,悄无声息而行。灯火捂在手心里。
而前方就是你的故乡。火车快开。

路过旧时的店铺,市场人来人往,故事尚未发生。你的母亲仍然年轻,你的妻子最美貌时,你的童年还在发光。我鸣笛致意,惊醒弥留之际的你。

哪里来的火车啊!整个城市的人都在呼喊。想跳下床,却找不到拖鞋。想冲出房间,却醒不过来。

火车快开。带我从这世间侧身而过。车窗玻璃是一生的尽头。车厢晃荡,人人持票在手。人人随时准备离去。车厢冷清。人人随时准备死去。

可这趟旅程中,死亡不过是途经的第一站。

所谓永恒,不过是时间的一小段。
所谓宇宙,不过是寂静的一小部分。

白天是伸手乞求,黑夜是空然垂下手去。

夏天是忍住了眼泪,冬天是终于忍不住了。
疲惫是风停了雨未停,悲伤是雨停了天黑了。
所谓旅程,只不过是独自忍耐。

所谓你,只不过是我旅途中的一个猜测。我
猜测你早在童年时代就见过我。那时火车经过
你的故乡,你欢呼着追跑很远。
我猜测你至今还在找我,拄杖迎风,白发翻飞。

我猜测我最后看到的那人就是你。
站在铁轨中央,看着火车轰鸣,越来越近。
世上只剩火车,旅客只剩下我。

我慌忙猜测结局如何。
没有结局。旅途的第一站到了。

4

有一列火车,乘客只有你我二人。以及很少的
一些爱情。以及窗外半枚月亮。
时间到了,歌声停了。你平放我在疾驰之中。

你解开衣扣,掏出一颗心,指给我看它的衰老
之处。

你又在衣袋摸索,真的一无所有。
你一手抹去月亮,一手拉上窗帘。

你以这地底深处的群山,森林,和海洋。

后来你吮我。吮出我深藏的一个秘密。
是的,我爱你。

我将会有一个孩子,你却吮去了我留给他的全部乳汁。
我还会有许多爱情,你一一吮出它们的结局。
你以老人才有的温柔。你以孩子才有的固执。

你吮我满腔的喜悦,直到吮出哭泣。

还有我和他的初恋,也在你口中舌底辗转。
还有一个淡绿的清晨,也被你揉碎。
你吮我的沉默,直到吮出谎言。

你抚摸我最后一道防线,像抚摸琴的弦。

而我只是疑惑:你吮的是我,为何渐渐消失的却是漫漫长夜?

你吮的是我，为何我却充满了你？

感谢你终究与我擦肩而过。在这狭窄的车厢走廊，在这广阔的一生。而我只是疑惑：结束的是爱情，为何停止的却是火车？

5

已知一：火车进入隧道时她在微笑；火车驶出隧道时她在流泪。
已知二：隧道是黑的；她是年轻的。
求:隧道有多长？

笔掉了。你惊醒。
你弯腰捡笔，看到满地是笔。
突然想起，刚才掉的不是笔。

世界沉睡，肉身摇晃。火车前不见头后不见尾。在最混浊的河流里，最庞杂的遗失里，在执迷不悟的怀想里，在沙尘暴里，在云端，在倒计时中。火车走走停停，你睡睡醒醒。陌生人走来走去。在灯光明灭不休中，在高烧时刻。

车窗面积是世界面积的几分之几？你凝视窗外。对面的世界慢了，慢了……火车追赶光速而去，苹果孤独坠落地球。
你心中大喊：请等一等！我还没弄清自己相对于什么而存在呢！

有笔的时候没有纸，有纸的时候又找不到笔。
除非一场重大撞击事故，火车停不下来，你也停不下来。
整个白天你摸索来龙去脉，整个夜晚拧一只拧不紧的水龙头。
水滴磨损着世上最微小的物质，重创着你。

至少还有五十年，这一切才能结束。

你身处流逝之中，紧握唯一的笔站稳了。
你的记录是最大的流逝。每写下一个字，世界轰塌一角。

根据记录显示，这是倒数第二个梦了。
你起身向最后一个梦走去。

最后一道题：

已知一：你最爱我。
已知二：你对我的记忆约等于一段旅程那么长。
求证：这一生中，火车带着我离开你比带着我去向你，只多了一次。

6

世上最小的火车是我的单人床。带我穿过无数黑夜的隧道，遇到梦境便稍作停靠。无人上车。终点站是我的卧室。无人迎接。

旅途中我独自生病了，又独自痊愈了。

有时突然醒来，床停在荒野。四面茫茫。
清晨推开门，我对来人说：你好。
心里深知，我们早已诀别过了啊！

那么，我令你好奇吗？
多年来我不远不近，若即若离。我以睡眠的时间走向你，其他的时间统统用来离开你。

我令你感到沉重吗？我拖着一整列火车与你恋爱。面对我时，你总忍不住望向我身后。

仿佛堵住了所有的去路,我就站在那里。

仿佛我只熟悉告别。我们起身,穿衣,整理头发。聊天。轻易地说:再见。一个转身就走,一个转身睡去。
仿佛我更熟悉长夜漫漫,手边床单一道折印。

熟悉每一次失眠,熟悉夜半起身喝水。
熟悉壶水滚烫,熟悉壶水逐渐冰凉。

那就这样吧。
只是千万别爱上睡着的人啊!她最狠心。她抱着石头沉入大海。无论怎样呼唤,都不肯醒来。
睡着的人走得最远。她即将抵达死亡时,她的伴侣还在她身边辗转反侧。
睡着的人有大秘密。她均匀呼吸,身体深处万家灯火。她一闭上眼睛,另一个世界天就亮了。
睡着的人孑然一身,连枕头都与她无关。
她躺着。
犹如飘落着。

嘘—— 别惊醒她。星空下,火车正经过最美的湖泊。

7

还是火车还是候车室还是站票还是等待。
我不爱火车不爱远方不爱旅行。所有的美景啊，际遇啊，只在清晨里裹着棉被遥想。却难以面对真实的火车。
它长，冷，满载启动。

仿佛重来了一遍又一遍——火车进站，众人起身，队伍无尽向前……无论梦醒几次，仍身随人流缓缓移动……
无所谓了吗？无处去了吗？那么多的行李堆在脚边，那么多的人在欢笑，那么多的明天排列到天边。那么拥挤，那么黏滞，那么慢。而火车巨大，全部带走。

那么我又算什么呢？我还不如我的行李沉重，我还不如我的神情悲伤。我不如你温柔。我什么都不如什么都不是，什么都不知道什么都不愿意。整个旅程我蜷身沉默之中，挟裹鱼群之中，耽湎无尽暗流。依赖拥挤，迷恋燠热。我只是一个娇生惯养的独生女，一枚随天风而去的小小种子。总是在路上，不能发芽。总是在哭，不得罢休。

8

旅行结束后我开始给你写信，字迹间一行铁轨，薄纸轰隆暗响。想起有一次，火车带我去南方。途中得知你去到了北方。我在车上哭。火车啊火车！唯有那一次，我不知自己是渴望停止呢，还是渴望永不停止。

从此我一生平安。从此我无依无靠。当火车奔驰荒野，相反方向有人坠落深渊。每个夜晚梦境隆隆，地板震动。清晨，卧室不过是被火车头抛弃的一节车厢。
旅行结束之前，我和你相距不过一天一夜。旅行结束之后，我这一生，只稍长于一天一夜。

请继续失去我吧。失去的顶多只是我和我的一个秘密。而这世上到处都是秘密。花不停地开，高楼不停地建，最后的铁轨一段一段荒废在城市腹心，铁栅门重重上锁。亲爱的，请继续结束吧。

只是还有两人
至今下落不明
各自乘坐一列火车
原野上并驾齐驱
青春拐弯时
铁轨也拐弯
他俩一同倾斜身子
暗自欢呼
后来一个拼命叩击车窗大声呼喊
另一个看向窗外
微微笑了

        2014

旱獭歌

才开始是童年
后来是爱情
旱獭
你注视我独自穿过森林
看我新衣挂破
双脚泥泞
才开始你微笑
后来你叹息
才开始你向我走来
后来你一步步后退
才开始
你要我后悔
后来
你最先后悔

你最先沉默

这是一座沉默森林

每片树叶都是空白的

每眼泉水都藏着鱼

每滴水冰凉

我一路走来

才开始小声唱

后来大声唱

唱到最后

眼泪也哭干了

才开始是整个世界

后来只剩

路边一朵蓝色小花

才开始是阔叶林

后来是针叶林

才开始是时间

后来是时间般的忍耐

才开始活着

后来死了

就这些

就这些

旱獭

你比我更懦弱
你比我更狼狈
才开始你说了谎
后来
你还是说谎

才开始
隔着一条河
我沿河岸上下奔跑
大声呼喊
我越是呼喊
你越是酣然安睡
你的洞穴有深深的黑暗
和小小一团温暖
而我又冷
眼泪又多
又正在水中沉没

旱獭旱獭
你不信的事情
我也不信
你说：世上哪来的河呢？
我沉没水中

也大声附和
我还造了一艘船
想去找你
但是
世上没有河

我造了船
行驶地底
去遍所有黑暗之处
亲爱的旱獭
我无数次靠近你小小的洞穴
无数次欲敲门
却听到门里传来脚步声

后来脚步声停在门边
停了一百年

走遍森林也没有用
走遍每一棵树每一片叶子
也没有用
旱獭
我用尽世间的言语
向你解释何为沉默

我激动又悲伤

扒开眼前千万重枝叶

才开始我迷路了

后来我老去了

才开始只是一粒种子

后来是一块化石

才开始是一行脚印

后来是一行长满青苔的脚印

才开始哭

后来

再也不哭

才开始

我愿意

后来

我闭上眼睛

世界马上消失

雨水马上封冻

鹿群只剩下眼睛

森林只剩下珠宝

但是旱獭

我穿过整个森林
也没能穿过你的梦境

才开始你深深地躲藏
后来在我的必经之地
端正置放了一枚月亮
这就是一切
长夜里我抬头遥望
心中洞失浑圆一团
直到鸟儿过来筑巢
才感到微微的温柔
这就是一切

这就是森林
这就是黑
这就是期待
这什么也不是
什么也不愿
旱獭
我错了
我求你收回你的月亮
我大声说再见
我祝你的月亮越来越多

堆满你的洞穴
祝你每天挤在月亮里睡觉
做梦都晃得睁不开眼睛
祝你一切如故
但是旱獭
亲爱的旱獭
没有一切
到最后
我爱什么都胜过爱你
我恨什么都会顺便加上你
旱獭旱獭
求你扭过头去
求你闭上眼睛
对不起
对不起

你属于整个森林
而我属于森林中一条越走越窄的小路
就这些

2012

我知道有一个地方,
那里一个人也没有

我知道有一个地方有一条河,最终流向了北方。
我知道北方,还知道北方全部的夏天。那么短暂。

我知道有一座桥断了。
对岸荒草齐腰,白色蝴蝶云雾般飞翔。
但是,我知道唯一的浅水段藏在哪里。

我还知道涉水而过时,河中央静静等待的黑色大鱼。

我知道有一条路,路尽头分岔。
我知道岔路口有几枚脚印,在左边犹豫了三次。
在右边也犹豫了三次。

我知道有一棵树,上面刻了一句话。

我担心树越长越高，携着那句话越离越远。
等有人来时，他踮起脚尖也看不清了。

我知道有一片小小的草地，一团小小的阴影。
掩藏着世上最羞怯的一朵花儿。
那花儿不美丽，不怕孤独，不愿抬起头来。

我知道一只蓝色的虫子。
来时它在那里，走时它还在那里。
春天它在那里，秋天它还在那里。

我知道天空。天空是高处的深渊。
我多么想一下子掉进去啊！

我知道远方。远方是前方的深渊。
掉进去的只有鸟儿和风。

我知道鸟儿终身被绑缚在翅膀上。
而风是巨大的、透明的倾斜。

我知道黑夜。这世间所有的道路都通向它。
在路上行走的人，总是走着走着，天就黑了。

但黑夜却并非路的深渊,它是睡眠的深渊。

睡着了的身体,离人间最远。
我知道,睡眠是身体的深渊。

而一个人的身体,是另一个人的深渊吧?

还有安静。安静是你我之间的深渊。

还你的名字。
你的名字是我唇齿间的深渊。

还有等待。等待是爱情的深渊。

我独自前来,越陷越深。
想起有一天,名叫"总有一天"。
它一定是时间的深渊。

但是还有一天,是"总有一天"的第二天。

我甚至知道"结束"和"永不结束"之间的
细微差异。
知道"愿意"和"不愿意"的细微差异。

唯有此地，我一无所知。

——每一片叶子，每一粒种子。
——云朵投下的每一块阴影。
——雨水注满的每一块洼地。

好像每一次前来，都是第一次前来。
好像每一次离去，都是最后一次离去。

         2013

我轰然经过你的生命

我轰然经过你的生命。我是你最寒酸的爱慕者。我像个小丑,浑身拖满空易拉罐,跑来跑去,咣当作响。令你终于注意到了我。你厌恶地看着我。然而你爱上了我。

你打开了门,我一脚迈进去便坠落。我轰然坠落在你的生命之中。可这场坠落,却是我生命中最重要的成长。我头发长长了,我个子长高了,我四肢柔软,眼睛湿润,袖子上有了花边。我最终成了你不认识的一个人。我一直坠落,你从不曾伸出手接住我。你从不曾爱过我,你只爱我在你的生命中坠落。

我不合时宜,我无所适从。我跺脚哭喊,我非要你反悔不可。幸亏你从不曾理睬过我。

你总是扭头就走。你每次扭头离去,就在我面前断开一条河流。

我涉水而行,发誓要蹚过这重重的河流。幸亏我不曾坚持到底。

我曾如此纯洁。然而,为你不顾一切的年代终究永远成为过去。

正是这样的——我轰然经过你的生命,又悄然退却。你在人群中四处张望,和我擦肩而过却没认出我来。再见。我在对你的爱情中历经春夏,劳苦耕种。秋天来时,我最大的收获就是从不曾得到过你。再见。

2011

唯一的苹果唯一的诗

1

苹果能去的地方我永远也去不了
都是你的错

2

最小的森林在苹果里
最小的风也在苹果里
最小的大海在苹果里
最小声的呼唤也在苹果里

对送你苹果的那个人
要说"谢谢"

3

街道拐弯处第三家水果店
经过一万遍也不曾扭头看一眼
整个冬天过去了

左边靠着橘子
右边是葡萄
你故意没看到
说一万遍"对不起"
也没有用了

4

苹果才不害怕孤独
苹果籽簇在一起呼呼大睡
苹果挂在树上
恒星被星系环绕
星云后面是黑洞
流星雨决定转道降临地球
那时苹果还没落地
世界还没有地心引力

5

苹果消失于一场奔跑之中
脚踵间的风呼啦啦经过苹果
苹果就越来越小
越来越小

6

苹果诞生于告别之中
说过一切告别的话后
再无话可说
苹果只好发芽

7

有一块苹果永远噎在喉咙里
有一个人一生都想吐出它

谁都知道苹果红的那面有毒
也知道青的那面难吃

8

苹果的流浪史
一万年也说不完
因为
他说的时候
一直在回避重点

9

而你回避苹果
像说谎的人回避直视的目光

10

好吧
如果生下的是女孩
就给她取名苹果
你说过会娶她
婚礼上将到齐她所有的爱人

11

过去的悲伤与欢乐全部到此为止
但苹果又悄悄告诉你
它们将从哪里重新开始

12

快把那个摘苹果的女子抱来放在膝上
看她怎么死亡

13

除了苹果
谁还会一万年后仍惦记着你
谁还会一万年后
仍耿耿于怀那人对你的抛弃
除了苹果
谁还能替你走到他的对面
替你继续索取他的爱意

14

弥留之际
曾对苹果说出最后的请求
用的却是
苹果无论如何也听不懂的语言

15

事情的经过是这样的:
你的河漂来苹果时
你正在熟睡

你的河
为你拐了一道弯
又一道弯
再一道弯

苹果接近你
又接近你
再接近你

然后永远离你而去

16

事情的结局是这样的:
苹果搁浅沙滩
你的河流进大海

17

苹果说
你在岸边熟睡
容貌使人落泪

18

有时候
面对一只苹果
全世界能让你依靠的
只有你椅子的靠背

19

你试着啃食苹果
触着的却是皮肤

20

苹果为你指引的路
令你越走越远
从此与苹果永不相交
永不见面

21

谁仍固执地走向苹果
纵然明知
从此走向的是无边荒野

22

对给你苹果的人
请说"再见"

23

苹果的第八个故事：
她在人群中看你的时候
全世界都在看你

24

苹果的第四百五十六个故事：
白头发老爷爷说
少年时眼看飞碟渐渐离去
为了爱情选择成为地球人
白头发老奶奶说
一个月弄丢三把雨伞
立刻给我滚回火星！

25

苹果的第一千零一个故事：
她曾满携欢乐
向他而来
他也曾徒步千里
前去迎她
但是一百年过去了
他们仍不能相遇
这片大地是多么广阔啊！

26

苹果的第两万三千八百零七个故事：
她把眼泪收集起来
但她不流出
但她遥指一个湖泊

27

苹果的第十万六千个故事：
有人准备好了最珍爱的一切
等你去挥霍

28

苹果的第三百八十二万个故事：
雪停的时候才想起
忘了给他留下一行脚印
后来他去找她
来到一片雪地
断了线索

29

苹果的第三百八十九万零一个故事：
直到哭化了
才发现自己原来是个雪人

30

苹果的第一千四百六十六万个故事：
她曾和他的姊妹一样
她曾和他的母亲一样
她曾和他的妻子一样
她曾
和他一样

31

苹果的最后一个故事：
最后
我成了一棵苹果树

32

苹果的第一个故事：
不必犹豫
我们这就相爱

    2009

华丽的东方

在华丽的东方
俯身某处细节
窥探
深不见底
跌落下去
跌落时遇见她的一生
伸向她的手指
只牵住她的袖子
快从撕裂声中醒来
若不就此醒来
将会就此死去

华丽的东方
深暗的日月
装饰花纹间的空隙里伸手不见五指
针脚细密

不容追随
黑色与粉色之间暗藏黄金白银
绿色里布满激动的眼睛

红漆剥落
露出的枝干
森林里每一棵树都认得
彩绘碗龟裂
一指宽内自有凉气
裂缝饥渴
悠长吸吮
愈发清脆了
坚固了

轧花皮靴泥泞
轧花皮靴沉重
轧花皮靴踩上崭新的花毡
水渍干了
泥屑渗入色泽深处了
色泽更鲜美了
这是东方
在这里
新与旧也曾对立过

生与死也曾矛盾过

白山羊路过你家门前
扭头久久看你
日光强烈
它认出你一千年前的模样

火在房间正中央
在瞳子正中央
烧沸的水已经冰凉
最小的火仍在冰凉正中央

歌声去不到更高的地方了
更高的地方是森林
歌声一路摸黑
触到尽头
寂静去不了更高的地方了

华丽的东方
十五岁的女孩明白了一切
羞赧也是从容的羞赧
她埋首家务
如飞翔湖泊上空

她的手指年轻又耐心
她的手指穿过一切
逐一拒绝再缓缓抽回
她回眸时眨了眨右边的眼睛

羊毛搓出的绳子
仍有羊的温柔
羊的敏感
羊毛绳子系住的事物
忍不住放慢流失

对称的繁复图案中有细微的差异
找出这差异
心就碎了

空摇篮宁静如高原湖泊
不要摇动它
孩子不在那里了
孩子的灵魂还在那里

可是河流的浅水段藏在河的哪里呢
勒马岸边遥望
一生也去不了对岸

我与你七代血亲
你当爱兄弟般爱我
我却当思念妻子般思念你
我涉过七重大河走向你
走向你的却只是我的双脚
我捧住你的面颊亲吻你
捧住你面颊的却只是我的手指
亲吻你的
只是我的嘴唇

低声说"不"
这是华丽的东方
这是你膝盖上的鲜花
你刚涂抹的手指甲
你走过之后
你留在泥路上的脚印仍在舞蹈
你死去之后
你留在世上的衣裳仍散发香气

你一生寂静
你的美貌比你更寂静
你去东方最隐秘的清晨里打水
坐在岸边梳洗

这个清晨就这样过去了
这个清晨比你的美貌更寂静

华丽的马匹
千重的装饰
团团围裹悲伤的新娘
而在华丽的故乡
快马加鞭奔向你的老人
曾是心事华丽的少年

我们共同的祖先也曾孤独地走过这里
一只脚生根
一只脚枯萎
生根的至今年年春天开花
枯萎的至今日日夜夜凋零
这是东方
东方的每一个母亲都说过
孩子你要记住
我们只能活几十年
我们的心却能活千百万年

而长诗流传至今
只说战火

只说疫病
只说一场场饥困
一次次被驱逐
却不说苦难
只说荣耀
只说必经之途开阔
只说血统的标记太深刻
却不说我们共同的祖先如何茫然
如何迟疑
四面八方如何空旷寂静
那时
他就站在这里

我们灵魂懦弱深藏秘密
我们遍尝痛苦放声大笑

而我呢
在这华丽的东方
我华丽地抒情
我华丽地赞叹
我华丽地放声哭泣
华丽的月光
我身后拖曳华丽的影子

只有我简陋而脆弱
种种华丽将我一触即伤
华丽的伤口
连疼痛都是华丽的
只有我清贫而无知。

水草丰美
脚步不稳
笑靥如花
心如乱麻

深蓝光滑的天空是多么华丽的空白
坦荡粗粝的大地是多么华丽的荒凉

我空空荡荡经过东方
风灌满衣袖
雨打湿眼睛

2007

第三部分 告别

病中记

1

每次去见你,都心怀"临死之前再见最后一面吧"的想法。
每一次出现在你面前的我、健康欢欣的我,
穿那么厚的衣服,面向你一步步走来。
重重包裹在病痛之中的我。
每走近一步
便死亡一次的我。

坐在你对面共进晚餐的我,身体内部尸横遍野的我。
与你微笑道别的我。
一转身,最后一个战士倒下了。

2

有一次我生病了。耳朵也听不见了,眼睛也看不到了。
倒是还能说话。便给你打了个电话。
我说:"放心吧,我没事。"
但是你说了什么我听不见,你发来的短信我也看不见。
我紧握手机,挣扎高烧和疼痛之中。无论如何,也不肯死去。

3

疾病是我身体唯一的门。每当我病卧在床,虚弱如婴孩。唯一的门便大打而开。
门后众人等待已久,一拥而上,顿时全走空了。
直至病愈,门还开着,无人回来。

4

你这个傻瓜啊,你怎么又生病了?
生生病,撒撒娇,装装疯,卖卖傻。你这只病痛的容器啊,怎么摔也摔不碎。你这个可怜虫。

你的一切都脆弱,除了你的倔强。

5

我把疼痛的种子深埋身体。深深忍藏。
但一到生病时它便生长。三十岁后枝繁叶茂。
树下谁在乘凉?谁享受我强壮的痛苦,并仰仗
它挡风避雨。
谁反复感恩于我。当我躺在这里继续病着。

6

身体停下来了,旅行还在继续。此时的世界与
我童年时代看到的一样陌生。
此时的世界里,我只熟悉疾病,我只珍惜痛苦。
我曾深爱一人,也曾憎恶于他。
他依附眼下陌生的世界,而我依附于疾病。
有一瞬间他仔细端详我。
下一瞬间把我打败。
我也曾在他那里战功赫赫。但他一转过身去,
我就一败涂地。
幸亏我总是在生病。总是躲在床上。
幸亏我掩体强大。我潜伏高烧之中,成功掩饰

了其他种种滚烫。

差点忘了旅行还在继续,差点忘了我曾深爱过他。

7

我脱胎于童年时代的一场重病。病愈后,一部分死了,一部分活了下来。

那个夏天永不结束。

亲爱的,我好委屈啊!我泅渡在疼痛之中,背朝世上所有喊痛的人,又转身安慰他们。是世上最大的一个骗子。

但是亲爱的,我曾经最诚实。但是有个夏天,我满街奔跑,四处求助。到了夜里像落叶般萧瑟,亲眼看着自己飘落。

后来我成为骗子,一生心怀不曾被识破的侥幸。却还剩一个渴望。渴望有人披荆斩棘闯进我的童年,找到那个夏天。扒开那丛野草,一把拉出躲藏的我。带我去治病,喂我吃药。

我一生都在等他。一生都不愿痊愈。

为此,我这一生既不治病也不吃药。

我的一部分逃到了未来,还一部分抛弃在童年。

躺在那个夏天中央。大汗淋漓。浑身发抖。
想喊"救命"。却闭上眼睛。

此后的每一个夜晚,每当我闭上眼睛结束这一天,
既不感谢此刻的平静,也不庆幸那一切早已过去。

8

你那么轻易地
就给了我
我一生都在渴望却从不曾得到过的东西

你漫不经心经过我
就拯救我于生死关头

你什么也没做
只是存在于那里
就令我获得一切

然而你与我自始至终毫无关系

你令我纯洁如冬夜
又令我贪婪如深渊

9

每当我无处藏身时我便生病。深深躲进棉被，蜷身地球上最狭窄最隐秘的缝隙。
唯有病疼慰藉我。令我越来越小，越来越小。
病愈后，我便消失了。

10

然而每次生病，都下定决心永不与你冰释前嫌。
然而分手至今，至少有一百次强烈渴望见到你。
然而我意志坚定，心狠手辣。

11

你对我说对不起
我对你说对不起
你说哪里明明是我对不起你
我说哪里哪里确实是我对不起你

说来说去
好像互相都对得起了

12

我要与你世代为仇
你喜欢四月我便憎恨整个春天
你说你再也不回来了我说我也是
你转身就走我转身从七楼窗台一跃而下
我全部的任性统统加于你
然而任性有限我怕撑不了多久
为此我半生拒绝见你

为此我半生懦弱卑微
乞讨般活在世上
一到春天便四处打听你的消息
听说你去年四月就已经死去
好吧
暂时算你赢了

我徒步千里去找你
推倒你的墓碑挖掘你的墓穴
你从地底深处坐起侧耳倾听
隔着最后一层棺木
你我继续以死相逼

你我之外还有日月对峙
百万亩玫瑰晨绽夜凋
地球自转不休公转不休
我恨你如天火降临地球上最后一片森林
又如灰烬中最后一粒种子仍要萌芽
唯一的安慰是大约你也如此恨我吧?

然而你最终打来电话
是你所完成的壮举
我最终划开接听键
是我所完成的壮举

13

生多少次病,就犯过多少次错。就得承受多大的报应吧

14

但是有一个男性,他坚决果断,勇猛无畏。他大约爱上了我,便向我开启了相反的一面。
我心中明察秋毫,蠢蠢欲动。却表现出了相反的一面。

哪一面都与恋爱中的人们无关。哪一面都无能为力。

15

又是一天结束了。刷牙。熄灯。蜷进被窝。再次确定：这一天真的结束了。
这才松一口气。
这才有空慢慢儿生病。
这才开始头疼，腰疼，背疼，肚子疼。
此刻是所有疼痛的放风时间。
我身体是高墙深院，禁锢了这么多疾病。每夜呻吟入梦。唯有那时你不可靠近。
你端凝熟睡的我。像遥望亿万光年外的孤星。
唯有此时你最爱我。
我这个疼痛的展览馆啊，唯有此时决定对外开放。
门开了微微一缝。令你整夜犹豫。
却终于放弃。

2015

没寄出的信,不算数的话

1

我从不曾
被你得知

2

你总是分不清
哪个是我
哪个是孤独

3

我以五十年的时光用来适应不能和你在一起

4

这五十年里，我以衰老来适应时间。以舍弃来适应衰老。以垂下双眼，来适应生命中所有的逐一舍弃。

其中，我以十年的时光来忘记你，又以十年的时光努力回想你的模样。
以十年，寂静地温柔着。
又以十年，寂静地滋生悔意。
最后的十年我决定去见你。

我以十年的时光，走在通向你的路上。突然想起：过去那些十年又十年的漫长时光里，竟从不曾练习过与你再见面时的镇定自若啊！

5

亲爱的，我只是以五十年的时光用来老去。

6

我用雨伞适应世上所有的滴落。这个世界的主题就是"适应"。我以平凡来适应陌生，以接受来适应不安。以微笑适应他的谎言。主题是"适应"。以转过身去，适应心虚。以低下头来，适应他的一切请求。得适应。所有人的经验都是："慢慢习惯了就好。"这是个必须得适应的世界。必须。必须。说得很多了，很烦了！闭嘴吧你们！我掀了桌子，摔了手机。我反抗了。然而，我只是用反抗来适应改变。最后我还是改变了。我撑开伞就走。我想起了你。假如这一切的适应，都与你有关……

7

不要以为我真的适应了这种生活。我已不再年轻，但还是三天两头感到吃惊：我坐在这里干什么？我在吃什么？我坐在这里一边吃一边说着什么？我笑什么？我笑过之后，又惊慌什么？……每天都狠捶自己的脑袋："我真是个神经病！"又暗想："不知神经病的生活是否更好适应一些……"

8

我最不能适应的是早餐。还没从梦中回过神来,就匆忙进入了另一个梦。还没喘口气,就开始吃东西。莫名其妙地肚子饱饱。莫名其妙地身体健康。很多年后,当我回首一生,我从没得过胆囊炎……人生就这点成就吗?亲爱的我想哭。我不能适应早餐。以及从早餐开始的每一天。

9

告诉你吧
我适应得最棒的
其实是告别

10

在诸多告别里
最成功的案例与你有关
我以告别
适应了你

11

再见。我最爱说"再见"。当我这么说的时候,好像真的全无所谓。好像真的强大无比。好像已经做好了准备转身就走。好像这一走,就永不再回头。

再见。我脱口而出"再见"。只因我再也无话可说了。

12

比起沉默
我更想唱

比起小声地唱
我更想大声地唱

比起大声地唱
我想哭

比起哭
我想立刻躺下,死去

比起就此死去
我又想改变主意

…………

好吧
比起唱
我更想沉默

13

我全部的依靠是一把椅子
我从火星来到地球
随身只带了这一样东西
我带着椅子流浪了这么多年
走了这么远的路
住过这么多房间
你不习惯我面对你时的姿态
你不习惯我背后的事物
我永远坐在世界中央
站不起来
说不出口

这就是我的故事

14

还有一个故事关于大海
我把童年放在海边
把初恋放在海边
把最重要的一次伤心放在海边
我对别人说：我来自大海
说时眼含泪水
心都碎了
其实我从没见过大海

15

我说谎了
我如此沉重
我负载整个大海说谎

16

对不起。

17

我在夜里因你而伤心。到了清晨又完好如初。我整天都在干些什么呢？一半时间用来伤心，一半时间用来掩饰伤心。后来有经验了，掩饰得越来越成功。日子过得越来越好。是的是的，我是专门用来想你的机器，每天睡醒，拧拧发条，开始旋转。窗外是春天。转过身来成了夏天。我还在乎四季吗？我还在乎你吗？

请让我停下来吧

18

请

让
我
停
下
来
吧

19

对不起
我总是哭啊哭啊
并非悲伤太多
只是眼泪太多

20

当我说"算了"的时候
可能是真的算了

21

我做的蠢事之一是把床布置得异常华美。后来才知所有的床其实都是布置给别人看的。越华美,越显得睡在那里的人有多可怜。为避免嘲笑,我从不让外人参观我的卧室。尽管如此,它还是布置给别人看的……古人说:"被翻红浪。"年轻的我哈哈大笑:"古人真无聊!"不再年轻的我却一言不发,心想:"什么是寂寞,还是古人知道得早一些啊。"……这就是我的床。我天天睡懒觉,一直睡到变成古人为止。

22

我们这里下雨了。
你们那里呢?

我要说雨。
先来说伞。
我去便利店买伞。
左挑挑,右选选。
便宜的还是好看的?
犹豫不决。
有人走过来:"你该买这一把。"
但是那把又贵又不好看。
但是他撑开伞:
"伞柄是圆的,女孩子用,不硌手。"

我爱上了你，便利店老板。
只有在你眼里，
我是女孩。
甚至是豌豆上的公主。

23

生日快乐！
老规矩
给你点十八根蜡烛
别不好意思嘛

其实我才不爱你的十八岁
我只爱你的此刻
我只能以生日的名义祝你快乐
除此之外再无借口

可是你看星空，没有一颗星星得知有人过生日这个消息。
对不起。我又伤感了。
对不起，其实我从来不知道你的生日。只是看到星空才想起这个话题……

但是你看那星空,你再看一眼那星空,那从不曾理会过这世间一切的星空啊!

24

酒醉的人前来敲门,他的悲伤我爱莫能助。其实他根本不认识我,他只是遇到门就敲。一旦有人开门,就拉着对方说个不停。可他不知道,在他的倾诉中,有一部分,是关于你的。

他红着眼睛,口齿不清,欲要落泪。最后他说:"祝你早点睡。"果然,这个夜晚我失眠了。

酒醉的人在隔壁呼呼大睡。我整夜计算,酒在他的血液里占了多少个百分点。我也想从床上爬起来找酒喝了!然后也去敲开他的门,让他把话说明白点:"祝我早点睡——你什么意思?"

和酒鬼做邻居,满走廊酒气熏天。才开始我厌恶,到后来我流泪。我多么羡慕酒鬼。他只要有了酒,就能谅解一切。

25

我把箱子放在床边,一旦有了火灾,便拎了它就跑。为此我整夜和衣睡觉。可我哪有什么值钱的东西呢?我只是想瞅个空子跑掉。这样,以后当我在离家万里的地方遇到熟人时,当他问我为什么突然消失,这些年去了哪里,我就可以镇定地说出失火的事了。

我永远不能镇定地说出你。你是我最大的谎言。走在大街上,装得跟真的似的,目不斜视,行色匆匆,至少与一万个人毫无区别。大合唱时,我站在一万个人中间,消失得干干净净。演出完毕,观众鼓掌。第二拨万人合唱团准备登场。再见!那一万个同伴去休息了,我也该休息了。我把箱子放在床边。

26

我从不曾幻想能得到你
我只幻想能被你得到

27

我要列举你种种的好,来证明:喜欢你是没有错的。

我在纸上郑重写下第一条:笨拙。

我多么爱你的笨拙啊!这真是最大的安慰:原来,并非只有我一个人很笨,并非只是我一个人不知所措,无可奈何。

我又开始写第二条……却怎么也想不出你另外的好了!就好像从来不曾见过你一样,我竟对你一无所知。

好吧。我喜欢你,只因为一次巧合。只因为那天迎面走来的恰好是你而不是别人。否则的话,能把握住什么呢?像我们这么笨的人……

28

可是我太急于表现,恨不能把自己展开几十万平方公里,承载最完整的故乡和几代人的命运。当你拥抱我时,感觉沉重又妥实。当你和我独处,总是那么瞌睡,总想倒地不起,就此安眠。

可是,真实的我,却只有邮票大小。仅供你贴上眼睛往里看。每当你看进来,不知为何,我总忍不住拉熄电灯。我一团漆黑,以为这样最安全。我那颗急于表现的心,在暗中贴着墙根,慢慢向你靠近。

我那急于表现的心,你需得用放大镜才看得清。然而等你看清后,又不得不换上电焊面罩。它太耀眼。

我急于表现,却无可表现。我全部只有一点点,一点点。并且还在马不停蹄地越来越小,越来越小。小得用针尖轻轻一戳就没了。你对我说话时,声音稍大一些就没了。你多看我一眼就没了。甚至,再多想一下,就没了。

29

还是来说伞的故事:多年前当我还是少女,因拒绝一把打满补丁的伞而被惩罚。当我还是个少女,我那么虚荣。我站在屋檐下躲雨,那时的悲伤一直持续到现在,愈演愈烈。所以我只喜欢我的现在,只依赖现在。现在的我,已有许多伞来保护自己。现在我什么也不怕了。纵然现在,我衰老憔悴,无颜见你。

你永远不能,走进我大雨瓢泼的记忆,走向那十四岁的少女。她正在发育,紧张又心怀希望。她撑着的伞上补丁叠补丁。她从来不曾幸运过,她从来不曾不幸过。她从来不曾恋爱过。

她在世上遇到了一个人,她从海底捞起了一根针。她的全部就是这些。

30

我做了一个梦
梦见变故之后
所有人都不记得我了
你也不记得我了
我伤心透顶
又哭又闹

我把衣服全脱了
让你仔细地看
再仔细地看
但是
连这身体
你也不记得了

31

最庆幸的是,离去的一路上美景重重。就算是心碎离去,世界也不曾亏待过我。

就算心碎离去了,我也另有安慰。别为我担心,这一路上,伴着美景,还可以做那么多的事。可以怀孕,可以暗自分娩。可长时间凝视那婴孩的眼睛,陪伴他成长,再目送他远去。

我以半生的时间到来,又以半生的时间离开。只为和你说一句话。那句话是钉在我生命正中央的一枚钉子,我的少年和老年,都系在这钉子上。我的一生如此坚定,令你不可理解。

32

我的一天

早上醒来,伸伸懒腰。
拉开窗帘,阳光很好。
想了又想,决定起床。
想了又想,穿上裙子。
想了又想,戴上耳环。
想了又想,抹上口红。
想了又想,决定出门。
想了又想,擦去口红。
想了又想,摘掉耳环。
想了又想,换身旧衣。
想了又想,带上雨伞。
出门一看,正在下雨。
想了又想,退回房间。
拉上窗帘,换上睡衣。
钻进被窝,闭上眼睛。
想了又想,渐渐睡着。

33

记一件有意义的事

有一天,我走在河边听到有人喊:"救命!"
我奋不顾身跳下去,把他救了上来。
他说:"谢谢你。"
我说:"不用谢,这是我应该做的。"

然而,这事说出去谁也不信。
大家都说:"吹牛,你该得诺贝尔文学奖了!"

我无比孤独,开始写作。
我梦想能拿诺贝尔文学奖。
然而很快,我获得了年度见义勇为奖。

总之就这么倒霉。

34

时间终于证明

分手一年后
如果我仍爱着他

那是因为我闲着无聊

两年后
如果我仍爱他
那是因为我幼稚

三年后
如果我仍爱他
那是因为我是笨蛋

四年后
如果我仍爱他
那是因为我有病

五年后
如果我仍爱他
那是因为我变态

六年后
如果我仍爱他
那是因为我疯了

七年后

如果我仍爱他
因为我疯得不能再疯了
疯了疯了疯了……
…………

八年后
如果我仍爱他
那是因为
我可能是真的爱他

35

我鬼迷了心窍,只因孤独而紧紧抓住一根救命稻草。稻草能救命吗?幸亏我的灵魂是轻浮的。

36

梨花也是轻浮的呢!

风也是轻浮的
蜜蜂也是轻浮的
香气是轻浮的
思念是轻浮的

信纸也是轻浮的
平底鞋是轻浮的
连衣裙是轻浮的
街道拐角处的音乐轻浮
深夜灯光轻浮
窗帘轻浮
梦境轻浮
这时
电话铃声轻浮

夏天最轻浮
越飘越高
摇晃在一年的最高处
夏天里发生的爱情一个也够不着了
摘到手的只有梨子
只有梨子沉甸甸

咸的都慢慢捂甜了
大的都慢慢缩小了
这枚梨子给你
谁教你从不曾经过我轻浮的春天
从没见过我满树的梨花

37

我自作聪明,与人辩论"快乐"和"幸福"的区别。
区别在于:
快乐让人越来越贪心。
幸福让人越来越满足。

我几乎说服了所有人,却在他那里栽了跟头。
我面对他默默无语,唯愿帮助他满足一切世俗的欲望。
只为我如此软弱,而他如此强硬。

38

那么,我给你的信里那些抹去字句的痕迹,会令你好奇吗?我欲言又止时,会令你期待吗?

当我爱着时,有那么多那么多的话想说。当我深爱着时,却连一个字也不想说了。

39

伤心的人最自私，她对前来的所有人大喊："别管我！"她捂着耳朵不停后退，一直退到母亲的子宫里，蜷着身子，一动不动。

伤心的时候什么都不顾不了了。流泪时已无力转过身去，倒下时全然不顾身处人潮汹涌的街头。

伤心的时候，恶毒地想：死了算了！就这样死了算了！但是，伤心的人是不会死的。伤心的人最倔犟，最富于希望。

40

那个人
你继续偷窥吧
你继续试探吧
从此你陷入了我

无论你曾多么年轻
无忧无虑

无论时间曾多么寂静
漫长无边

那个人且听:
从此之后
除了你母亲
还有我
会为你伤心

41

给你写信,是因为不用翻越千山万水,不用笔直面对。可以不顾一切,也可以前思后想、百般迟疑。

用铅笔写信,是因为可以擦去,可以反悔。笔迹可日渐涣散。可修改,可抵赖。

 不曾寄出,是因为写着写着已然抵达。写到最后,总算说服了自己。

42

后记：致歉辞

对不起，我要向你道歉。当全世界的人都爱你的时候，只有我不曾爱过你。

当你最年轻、最美好的时候，我却不认得你。

我不知道你的名字，当你一次又一次和我擦肩而过，我无法开口叫住你。对不起。

对不起，我从不曾与你相遇，并且也从不曾为此付出过努力。我这一生，只是用来慢慢老去。对不起。

对不起，我从未去过你的故乡，从未见过你的母亲，从未吮吸过她的乳汁。黄昏，当你的母亲站在家门口呼唤你，我正在远方黑暗地劳作，从不曾抬起头答应她一声。

对不起，我的母亲也不是你的母亲，我的孩子不是你的孩子。我的家不是你的家。我的一生与你的一生毫无牵连,对不起。

对不起,我从不曾陪伴过你的童年,从不曾与你分享过某个孤独的秘密。从不曾给你写过一封信,从不曾在信里夹一片落叶。从不曾,在那片落叶上为你写诗。

我从不曾,抚摸过你的头发。直到它两鬓斑白,也不曾抚摸过一次。

我也不曾亲吻过你的嘴唇。一次又一次,当我在深夜里凑近暗处,舌尖轻含一生的寂静……对不起,我无从想象你的容貌,唇前只有深深黑暗。

对不起,我至今仍孤身一人,沉默生活。我从不曾真正顺从过自己的内心,从不曾认真地做好准备。对不起,我总是沉湎肤浅的欢愉,纵容无知。总是依赖懦弱和骄傲来保护自己。

对不起,我总是比你更骄傲,比你更小心。我剩下的时间,还不够用来不停地后悔。

对不起。我仍然还在这里,不知往何处去。

尤其是再也不能重返十八岁了,穿着裙子,在一个清晨敲响你的门。

对不起。事到如今,当我的人生道路仅容侧身而过时,才想到要向你道歉。

而事到如今,我所能赞美的,只剩你的苍老啊。我能给你的,只剩原本用来安慰自己的一些话语。

对不起,我永远排在全世界的最后一个。只有等全世界的人都放弃你时,才能走上前,紧紧抱住你。大声说出口:"对不起!"

2012—2014

李娟作品目录

《遥远的向日葵地》

《我的阿勒泰》

《羊道》三部曲

《记一忘三二》

《冬牧场》

《阿勒泰的角落》

《走夜路请放声歌唱》

《九篇雪》

- 《火车快开》（诗集）